I0682785

PAROISSE DE SAINT-MICHEL

DISCOURS

AU

SERVICE FUNÈBRE

Pour le Repos de l'Ame

DE

M. JUMAUCOURT,

ANCIEN CURÉ DE SAINT-MICHEL

Sortitus sum animam bonam.

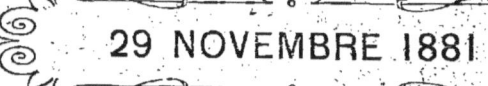

29 NOVEMBRE 1881

CHAUNY

IMPRIMERIE DE LA SEMAINE RELIGIEUSE

35, RUE DU PONT-ROYAL, 35

DÉPÔT LÉGAL
Aisne
N° 217
18 84

PAROISSE DE SAINT-MICHEL

DISCOURS

AU

SERVICE FUNÈBRE

Pour le Repos de l'Ame

D E

M. JUMAUCOURT

ANCIEN CURÉ DE SAINT-MICHEL

Sortitus sum animam bonam.

29 NOVEMBRE 1881

CHAUNY

IMPRIMERIE DE LA SEMAINE RELIGIEUSE

35, RUE DU PONT-ROYAL, 35

L 27
n 12
33112

SERVICE FUNÈBRE

A LA MÉMOIRE DE M. JUMAUCOURT

A SAINT-MICHEL-EN-THIÉRACHE

———∿∿✕∿∿———

Le mardi, 29 novembre, la paroisse de Saint-Michel, qui avait été dignement représentée à Chauny, le jour des obsèques, payait un solennel et légitime tribut de regrets et de reconnaissance à M. Jumaucourt, son ancien et toujours bien-aimé pasteur.

Près de sa famille, étaient les autorités de la commune, MM. les curés du doyenné d'Hirson, plusieurs anciens vicaires du cher défunt, M. le doyen d'Aubenton et M. le curé d'Any.

Le touchant éloge inspiré par le cœur de Mgr Thibaudier doit rester dans les souvenirs de la paroisse de Saint-Michel.

Nous nous faisons un devoir de le reproduire :

Soissons, 18 novembre 1881.

MONSIEUR LE DOYEN,

Je suis aussi désolé que surpris de la douloureuse nouvelle que m'apporte votre télégramme. Nous perdons ce cher et précieux M. Jumaucourt, avant d'avoir même appris qu'il fût en danger de mort.

C'est un bien grand sujet de regret pour sa paroisse de Notre-Dame où il avait dignement succédé à un curé si respectable et si aimé ; c'est un vide extrêmement sensible dans notre clergé diocésain où il jouissait d'une estime universelle et de si nombreuses sympathies. J'étais si heureux, depuis qu'il s'était relevé de sa précédente maladie, de penser qu'il ferait encore longtemps le bien au poste important où je me félicitais de l'avoir envoyé. — Perdre de tels ouvriers de Dieu est une des plus rudes épreuves qui puissent atteindre le cœur d'un Évêque, en un temps où les blessures lui viennent de côtés si divers. . . . .

M. Lefèvre, curé-doyen d'Hirson, s'est fait l'interprète de toute la paroisse dans le discours suivant :

DISCOURS DE M. LEFÈVRE

CURÉ-DOYEN D'HIRSON

—————

Sortitus sum animam bonam. (Sag. 8-19)
J'ai reçu en partage une âme bonne.

Mes Frères,

Tous, d'une voix unanime, vous appliquez ce texte à véné-
rable et discrète personne Jules JUMAUCOURT, curé de Watigny et de Saint-Michel, ravi tout à coup à notre affection
et à celle de la paroisse de Notre-Dame de Chauny. Plus
fidèle que Salomon, il a conservé et perfectionné jusqu'à la
mort cette bonté d'âme.

La profonde douleur d'une famille chrétienne et parfaite-
ment unie a reçu une première et nécessaire consolation
dans l'expression si touchante des regrets et de l'estime de
Mgr l'Evêque, dans le solennel et imposant cortège d'une
cité, et de plus de cent prêtres, et dans l'éloge très bien
rendu des vertus et du ministère du bon M. Jumaucourt.

Puissent la présence de MM. les dignitaires, et cette assis-
tance de cœurs reconnaissants et amis apporter un baume
efficace à des plaies encore saignantes !

Vingt années de 1udes labeurs, d'aimables vertus dans ce doyenné ont droit à un tribut particulier de reconnaissance filiale.

J'obéis à la prière de votre très digne pasteur : Comme interprète de ses regrets et des vôtres, j'accepte une mission difficile, mais douce à mon cœur, à mon intime et sacerdotale amitié.

Pour nous borner dans ce vaste sujet, étudions seulement les belles années d'un ministère passé sous nos yeux et pour le bien de vos âmes. N'est-ce pas déjà un riche sujet d'admiration et de légitimes louanges ?

Sortitus sum animam bonam. Oui, M. Jumaucourt avait reçu en partage une âme bonne.

I

Dieu a mis en chacun de nous, une disposition naturelle qui bien cultivée et dirigée selon ses vues, formera notre caractère, inspirera notre conduite, sera un germe fécond et béni de qualités aimables et vertueuses.

Saisissons bien cette nuance qui va se dessiner avec la fraîcheur et la variété de coloris d'un beau tableau.

Qu'est-ce que la bonté de cœur ?

C'est quelque chose qui tient plus du Ciel que de nos efforts ; c'est un noble privilège qui rapproche notre humanité de notre auguste modèle, de la nature et de la bonté divine. Comme Dieu souverainement heureux en lui-même, se plait à prodiguer les chefs-d'œuvre de la création, et les merveilles plus touchantes de sa grâce et de la rédemption, par un inépuisable épanchement de sa bonté infinie ; ainsi, la bonté de cœur est l'oubli de soi, la dépense, le don de soi ; c'est l'indulgence et la compassion ; c'est l'amour et la pratique des sacrifices pour autrui ; c'est un parfum de délicatesse et d'amabilité dans les sentiments, dans les paroles, dans les actes, dans les rapports avec nos semblables.

La bonté de cœur, ainsi comprise, est moins une vertu que la réunion et la pratique de beaucoup de vertus exquises et fécondes. Donc attribuer à quelqu'un la bonté de cœur, c'est lui accorder un grand et flatteur éloge.

Mais cette disposition naturelle déjà si riche en elle-même, recevra un nouvel attrait et un surcroît de puissance à l'école et par la grâce de Notre Seigneur Jésus-Christ.

Alors la bonté de cœur, dans un prêtre modèle, sera le dévoûment, le zèle, le goût, la passion du bien. Le pasteur arrivé à cette pratique éminente de la bonté ne s'appartient plus ; serviteur et débiteur de toute sa famille spirituelle, il se donne, il se multiplie, il s'épuise, il se fait tout à tous, il est enfant avec les enfants, il pleure avec les uns, il se réjouit avec les autres pour les gagner tous à Jésus-Christ ! — Bon Samaritain, il console, il calme, il guérit les plaies du corps et de l'âme ; mieux encore, comme le Bon Pasteur, il est disposé à donner sa vie pour ses brebis.

Voilà bien le bon M. Jumaucourt !

Malgré l'éclat de cet aperçu général, étudions de plus près ses paroles, ses actes, l'inspiration, tous les détails de son apostolat. Partout et en tout, la bonté de cœur se prouve, et

BIBLIOTHÈQUE NATIONALE R. F. IMPRIMÉS

nous impose cette vive et respectueuse conviction : Oui, son partage est préférable à toutes les richesses de la terre, car il avait à un haut degré une âme bonne. *Sortitus sum animam bonam.*

II

Après six années de dévoûment au séminaire de Saint-Léger, il déploie, dès le début de son ministère pastoral, le zèle le plus apostolique et le plus heureux. Modeste par le nombre des habitants, Wattigny était riche de foi et de fidélité religieuse. Comme une terre altérée qui n'attend qu'une pluie bienfaisante pour prodiguer les fruits de sa fécondité naturelle, ainsi cette bonne paroisse répond admirablement aux sueurs de l'apôtre. Un mouvement général de vie religieuse se prouve à tous les exercices du dimanche, du Carême, du mois de Marie et propage ce salutaire élan jusqu'aux fidèles d'Any. Aimé et ami de Watigny, le jeune pasteur en eût fait volontiers son paradis terrestre. Les années n'ont pu affaiblir cette affection paternelle. Heureux de se dépenser sans bruit et sous les yeux de Dieu, il ne pensa jamais à un poste d'honneur.

Chers fidèles de Saint-Michel, réjouissez-vous ! Dieu, dans sa prédilection, et à la prière de votre grand protecteur, vous prépare un pasteur selon son cœur, déjà connu et vénéré parmi vons.

Il vous apportera la vigueur d'une santé brillante, l'enthousiasme des premières années du ministère, l'ardeur du zèle, les saillies d'une gaieté de bon ton. Par un aimable et gracieux sourire, il saura tempérer l'imposante dignité de sa taille et de sa personne.

Pour cette délicate et difficile mission, unique dans le diocèse, il fallait toutes ces heureuses qualités.

Des hameaux très populeux, de nombreux écarts disséminés sur plus de sept lieues de circonférence ; beaucoup de paroissiens condamnés à un travail pénible, très peu rémunérateur, sous l'inclémence des saisons, dans des forêts privées alors de ces belles voies de communication, qui en font aujourd'hui comme un jardin de plaisance ; la gêne, les privations, la pauvreté : voilà Saint-Michel pour une partie de ses habitants, il y a quinze à vingt ans.

Nous admirons les héroïques soldats de la France qui depuis six mois, à travers les broussailles, les rochers, les ravins, malgré les fléaux, se multiplient gaiement pour atteindre et réduire les Barbares de la Tunisie, et pour planter dans leurs déserts le drapeau de la Patrie... Louange donc, admiration et reconnaissance à cet intrépide soldat de Jésus-Christ, qui, sans trêve ni repos, le jour et la nuit, au milieu des tempêtes et des rigueurs de l'hiver, près des précipices, au prix de mille dangers et d'infirmités précoces, va visiter ses chers bûcherons, consoler les malades, régénérer les mourants, combattre le vice et le démon, réveiller le souvenir et l'amour de Dieu, planter le drapeau de Jésus-Christ !

Un curé de paroisse n'est pas un Bénédictin ; rarement il est appelé à consigner dans des *in-folios* les profondes recherches de la science ecclésiastique. Amis de l'étude, un curé de Saint-Michel et plusieurs vénérés confrères de ce doyenné éprouvent une privation pénible : comment trouver

des heures favorables pour le travail de cabinet, au milieu
d'un ministère qui épuise les minutes et les forces ?

Cependant cette privation sera consolée par l'assurance de
la grâce et de l'inspiration promise par Notre Seigneur pour
ces cas exceptionnels. Donc, M. Jumaucourt aura vraiment
l'éloquence pastorale et la clé des cœurs. On résiste au pres-
tige de l'éloquence mondaine. Comment ne pas être touché,
vaincu, gagné par la bonté de cœur qui sent, qui aime et
qui pleure ?

Prudent, respectueux, affable pour tous : pauvres et riches ;
agréable dans ses rapports, il n'a qu'une prétention : être bon
et utile. Combien de cœurs éprouvés, découragés, ont trouvé
près de lui, ou au saint Tribunal, résignation, force, espérance, miséricorde et pardon ! Heureux ceux qui l'ont vu de
plus près pour goûter la vertu calmante de ses conseils, de
son ministère et de son amitié !

Pieux adorateur dans la prière et à l'autel, il est sainte-
ment fier de sa basilique que beaucoup de diocèses peuvent
envier pour leur église-mère. Alors, entre le ciel et la terre,
il voudrait être à la hauteur des droits de Dieu, des besoins
et des hommages des fidèles. Sa voix harmonieuse s'élève
puissante et pieuse vers le Ciel ; portée dans cette vaste en-
ceinte, elle retentit avec onction dans tous les cœurs pour
les transporter dans le cœur de Dieu même, *Sursum corda !*

Par le même esprit de foi, quelle aimable, quelle préve-
nante hospitalité pour tout prêtre ! Quelle abnégation de ses
droits, quel dévoûment de père, je dirai mieux, de mère pour
les auxiliaires de son zèle ! Chez lui, rien ne domine que la
bonté et le respect pour leur dignité sacerdotale. Amis plus

qu'inférieurs, ils sont préparés aux devoirs et aux vertus du ministère. A la gloire de leur modèle et pour le bien du diocèse, ils s'applaudiront toujours d'avoir été vicaires du bon M. Jumaucourt.

III

Il méritait bien toutes les joies d'un bon prêtre.

Il les trouve pures, délicieuses, abondantes dans deux retraites fécondes, à dix ans de distance ; dans un auditoire compacte pendant trois semaines, et dans plus de deux mille communions.

Il les trouve non moins délicieuses, dans ces soirées du Carême et du mois de Marie au milieu d'une affluence très édifiante et très méritoire à son hameau bien-aimé de Montorieux, et dans cette grange transformée avec éclat en un pieux sanctuaire pour les communions pascales.

Oh ! alors, oublieux de ses fatigues, il salue avec transport, ici comme à Wattigny, la Thiérache chrétienne, terre promise et modèle, pépinière du sacerdoce autrefois, et aujourd'hui conservant encore des principes de foi qui ne sont pas sans fruits ni sans espérances !

Ami de l'enfance et des vocations sacerdotales, il ambitionne comme délassement l'entourage de jeunes Samuels. A cette fin, il adopte un enfant de Saint-Michel richement et pieusement doué, et pour cela, bientôt mûr pour le Ciel. Plus heureux à Watigny, il jouit de l'aptitude et des progrès d'un élève qu'il formera plus tard aux devoirs du ministère, et dont nous aimons trop le zèle apostolique pour louer en ce moment ce vaillant soldat de Jésus-Christ.

Qu'il est heureux de payer de son argent la joie sainte que lui apporte la restauration de cet intérieur tout éclatant de jeunesse comme aux premiers jours, et qui devait s'enrichir de splendides verrières promises par des bienfaiteurs, si le Gouvernement, si votre intelligente et généreuse Municipalité n'avaient pas tenu à honneur de prendre leur très grande part dans la restauration complète de cette église monumentale !

Dieu sait sa joie et sa reconnaissance pour la direction vraiment chrétienne des écoles de la paroisse, pour le concours éminemment religieux des vénérées Sœurs de Saint-Erme; pour l'admirable dévoûment d'une paroissienne aussi modeste que pieuse, qui consacre son temps et ses forces à initier, aux leçons du catéchisme, vos enfants des fabriques.

Oh ! alors il avait bien le droit de s'écrier avec l'Apôtre : vous êtes *ma joie, ma couronne et ma gloire !* Quels étaient donc les tressaillements de son cœur devant les témoignages multipliés de l'insigne bienfaiteur de Saint-Michel; devant ces deux cents enfants de l'Orphelinat formées au travail et à la vertu, par les exemples et les leçons de la Charité, préparées aux rudes devoirs de leur prochain avenir, et à la gloire, pour quelques-unes, de la vocation religieuse !

IV

Mais les roses ont leurs épines; les joies les plus légitimes et les plus pures ôteraient à la vertu sa perfection, si elle était à l'abri des peines de la vie. Le creuset ajoute à l'éclat et à la valeur de l'or. Donc le prêtre le plus agréable à Dieu doit avoir son Jardin des Oliviers ; il doit sentir le poids de la Croix et porter sa Couronne d'épines.

A cause même de sa délicatesse, à cause de son dévoûment pour vous, mes très chers frères, il a souffert ; Dieu le sait et quelques amis fidèles.....

Il vous aimait et il souffrait de vos épreuves, du chômage, de la cessation du travail et de la gêne qu'elle impose : « Mes chers ouvriers sont sans travail, » s'écriait-il avec sanglots !

Il aimait Dieu, il aimait vos âmes. Certes, qui mieux que lui connaissait la foi, le respect, l'amour de Dieu, la fidélité aux devoirs de la vie chrétienne dans beaucoup de familles modèles de cette paroisse !

Mais s'il voit çà et là le Dieu bon méconnu, oublié, payé d'ingratitude ; s'il voit l'influence dominante des jouissances et des intérêts matériels au préjudice de l'âme, de ses destinées éternelles, et des droits de Dieu ; oh ! alors, si restreint que soit le nombre des rebelles, il a le feu de la fièvre comme saint Paul à Athènes ; il pleure sur la profanation du dimanche et parce que notre Père céleste n'est pas connu ni servi de tous comme il le mérite !

Voilà le cœur de tout bon pasteur ! Voilà la perfection de la bonté de M. Jumaucourt !

Ces touchantes et vives émotions le brisent ; c'est trop pour une âme aussi sensible, pour un corps déjà épuisé par de grandes et saintes fatigues !

Il pourra s'éloigner pour une dignité justement acquise...

Il restera avec vous dans la partie la plus noble de lui-même...

Non, vous ne serez pas orphelins.

V

Deux apôtres, appelés d'en haut à l'honneur d'une nouvelle mission, au prix de très méritoires sacrifices, se pressent tendrement dans l'échange de saints baisers. Ils avaient tant de communications à se faire! Mais la voix manque étouffée par les sanglots. Que se passait-il donc de si solennel, de si mystérieux dans cette première entrevue?

L'un léguait un héritage de grande valeur, avec ses vœux les plus ardents, avec l'effusion de son cœur et de son amour pour vous.

L'autre, déjà bien connu par les succès de son zèle et par la merveille de Lemé, acceptait avec élan les avantages et les conditions de ce testament spirituel. Pour preuve de sa fidélité, il apportait même ardeur de zèle, même chaleur de cœur, même besoin d'expansion et de sacrifices, même dévoûment pour Dieu et pour vos âmes, avec le précieux privilège d'une santé toujours florissante.

Donc, vous ne serez pas orphelins.

La piété filiale a ses devoirs sacrés.

Vous y serez fidèles envers votre premier pasteur. Malgré nos motifs d'espérance, après un apostolat si vertueux, hâtons par nos prières et par les mérites d'une vie solidement chrétienne, hâtons pour lui l'heure de la gloire.

Comme lui, faites chaque jour de riches provisions pour

l'éternité ! Soyez dociles aux enseignements de votre zélé pasteur : voilà le sûr moyen d'éviter toute surprise, et la rigueur des jugements de Dieu.

O frère bien-aimé, tous les prêtres ici présents ne formaient avec vous qu'un cœur et qu'une âme. Non, la mort ne brisera pas les liens d'une vive et ancienne amitié. Votre souvenir et vos vertus seront un enseignement et un motif pour vous imiter.

Vous voyez les angoisses de notre zèle, les attaques de l'impiété contre les droits de Dieu, contre la noblesse et le salut des âmes.

Du haut du Ciel, soyez notre protecteur et notre avocat dans nos immenses besoins. Unis ici-bas, dans une même foi, dans une même espérance, puissions-nous, tous avec vous, voir Dieu, glorifier Dieu, aimer Dieu dans l'éternité !

Amen ! Amen !

CHAUNY

EDMOND HUET, IMPRIMEUR-GÉRANT DE LA SEMAINE RELIGIEUSE

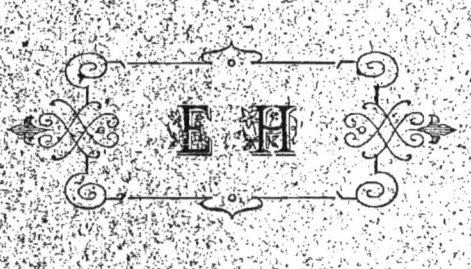

www.ingramcontent.com/pod-product-compliance
Lightning Source LLC
Chambersburg PA
CBHW072219210626
46818CB00014BA/2808